Made in the USA
Las Vegas, NV
22 September 2023

77953973R00069